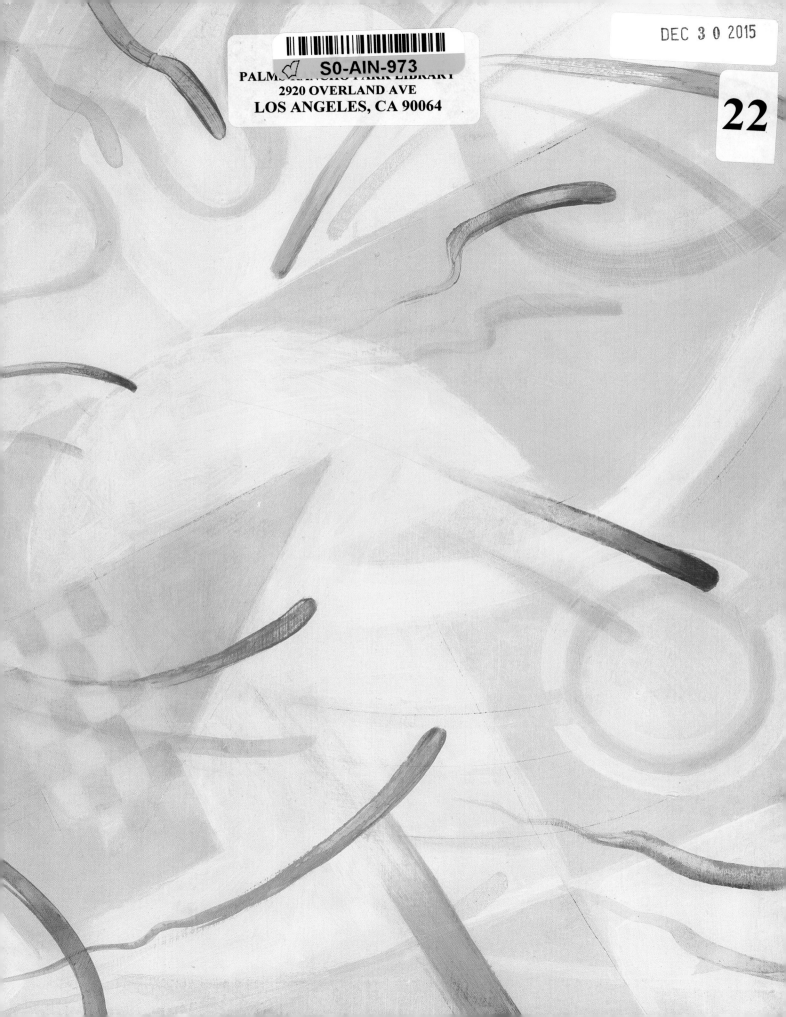

El SONIDO de los COLORES

Los colores y sonidos del arte abstracto de Kandinsky

BARB ROSENSTOCK

ilustrado por

MARY GRANDPRÉ

Editorial **EJ** Juventud

Provença, 101 – 08029 Barcelona

Para el señor Paul Fornek, el mejor profesor que he tenido.
Dondequiera que esté, gracias.
—B. R.

Para todos los jóvenes artistas que miran
y escuchan con el corazón valeroso.
—M. G.

$\mathcal{V}$asya Kandinsky se pasaba el día educándose para ser un niño ruso como es debido. Estudiaba montones de libros de matemáticas, de ciencia y de historia.

Practicaba escalas
en el piano
siguiendo el
ritmo marcial
del
METRÓNOMO.

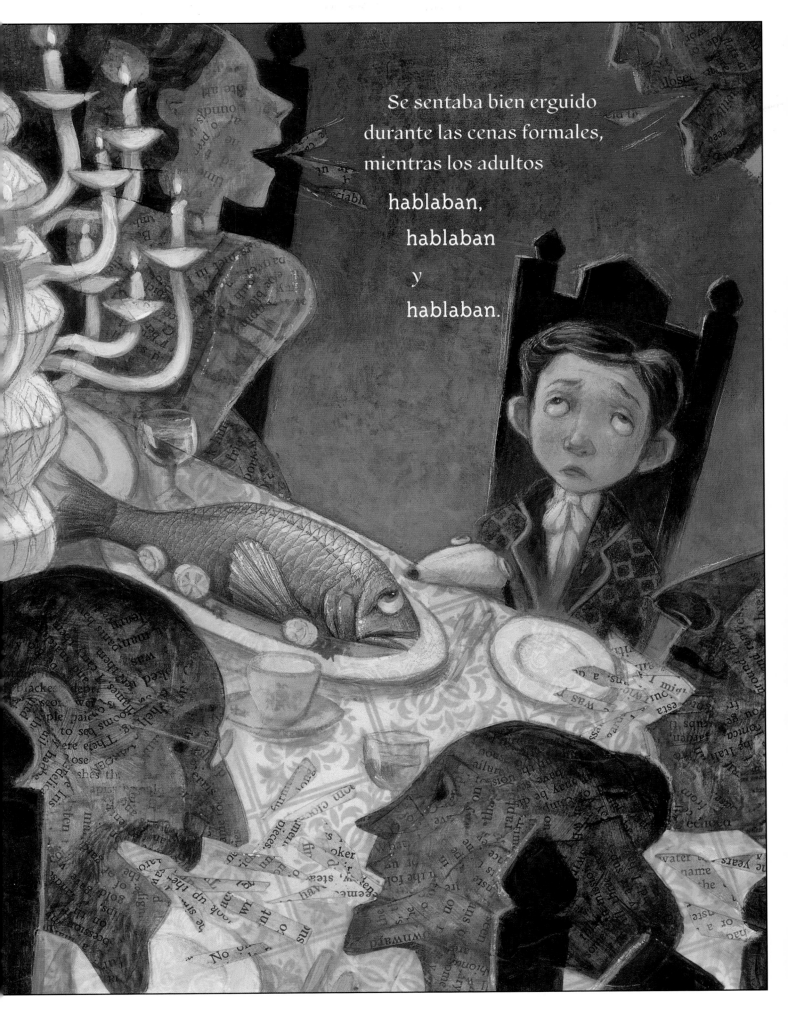

Se sentaba bien erguido
durante las cenas formales,
mientras los adultos

hablaban,

hablaban

y

hablaban.

Vasya crecía en un ambiente
extremadamente educado...
hasta el día en que su tía le regaló
una pequeña caja de madera,
llena de pinturas.

«Todo niño ruso bien educado debe apreciar el arte», dijo su tía. Y le enseñó a Vasya cómo mezclar los colores en la paleta de la caja de pinturas.

Vasya mezcló el rojo
con el amarillo, después
el rojo con el azul.

A medida que cambiaban
los colores, Vasya oía
un susurro. ¡SSH!

Más alto. ¡SSH!

Y aún más alto. ¡SSH!

–¿Qué es este ruido? –preguntó Vasya.

–Yo no oigo nada –dijo la tía.

Vasya escuchaba mientras su pincel se movía y susurraba.

El torbellino de colores vibraba como una orquesta que

afina sus instrumentos para interpretar una sinfonía mágica.

«¡Mamá! ¡Papá! —exclamó Vasya—.
¡Esta caja de pinturas es sonora!».

«¡Qué majadería!», dijo Papá.

«¡Compórtate, Vasya!», dijo Mamá.

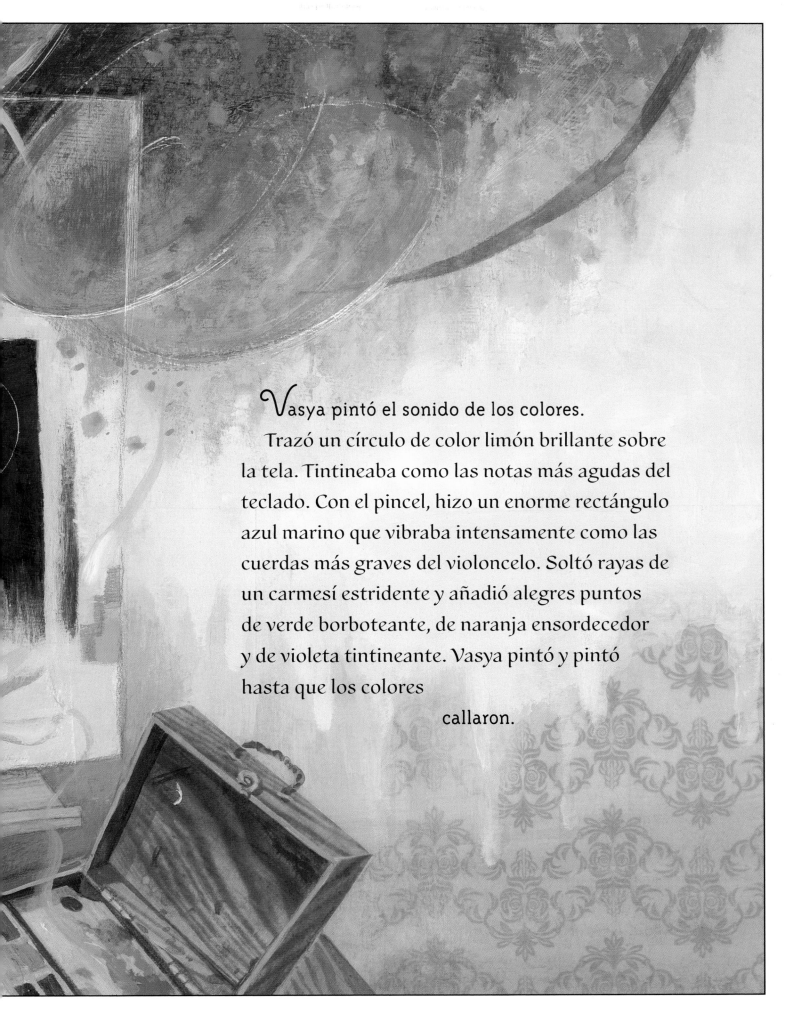

Vasya pintó el sonido de los colores.

Trazó un círculo de color limón brillante sobre la tela. Tintineaba como las notas más agudas del teclado. Con el pincel, hizo un enorme rectángulo azul marino que vibraba intensamente como las cuerdas más graves del violoncelo. Soltó rayas de un carmesí estridente y añadió alegres puntos de verde borboteante, de naranja ensordecedor y de violeta tintineante. Vasya pintó y pintó hasta que los colores

callaron.

–¡Mirad lo que hice!
–gritó Vasya.
–¿Es una casa? –preguntó su tía.
–¿Es una flor? –preguntó Mamá.
–¿Qué se supone que es?
–preguntó Papá.
–¡Es música! –exclamó Vasya,
danzando por toda la casa
con su pintura.

«¡Cálmate!», dijo Mamá.

«¡Ponte con las matemáticas!», dijo Papá.

«¡Cielos! –dijo la tía–. Este chico
necesita clases de pintura».

Así pues, Vasya fue a clases
de pintura y aprendió a dibujar
casas y flores, como todos
los demás.

Pasaron los años, y Vasya terminó la escuela
y estudió para ser abogado. Ignoró los sonidos
de su caja de pinturas y vivió de la forma
en que se esperaba que lo hiciera.

Pero no podía ignorar los sonidos
de los colores que le cantaban
en las calles de Moscú.

El buzón amarillo canario silbaba mientras iba hacia su trabajo.

La bruma escarlata de la puesta del sol resonaba sobre los muros del Kremlin.

Sobre el cuello de marta cibelina
de su abrigo cantaba un coro de blancos
copos de nieve.

Una noche, adecuadamente acicalado y almidonado, Vasya asistió a la ópera. Cuando la música de la orquesta estalló a su alrededor, los sonidos de su caja de pinturas empezaron a girar en su cabeza: el golpeteo de las líneas bermellón y coral, la vibración de los triángulos pistacho y granate, los atronadores arcos de aguamarina y ébano, con puntos agudos de cobalto y azafrán.

Vasya *oía* cantar los colores,
veía bailar la música.

Y Vasya ya nunca volvió a ser
una persona totalmente formal.
Dejó su trabajo como profesor
de derecho y se trasladó de Moscú a
Múnich para ser pintor. Estudió con
varios profesores, todos famosos.

«¿Es una casa?».

«¿Es una flor?».

«¿Qué se supone que es?»,
preguntaban sus profesores.

Vasya quería pintar los colores que oía,
pero tal vez los profesores famosos sabían más.
Vasya volvió a pintar casas y flores, animales
y personas en sus cuadros, tal como se esperaba de él.
Los profesores estaban contentos.

Vasya no.

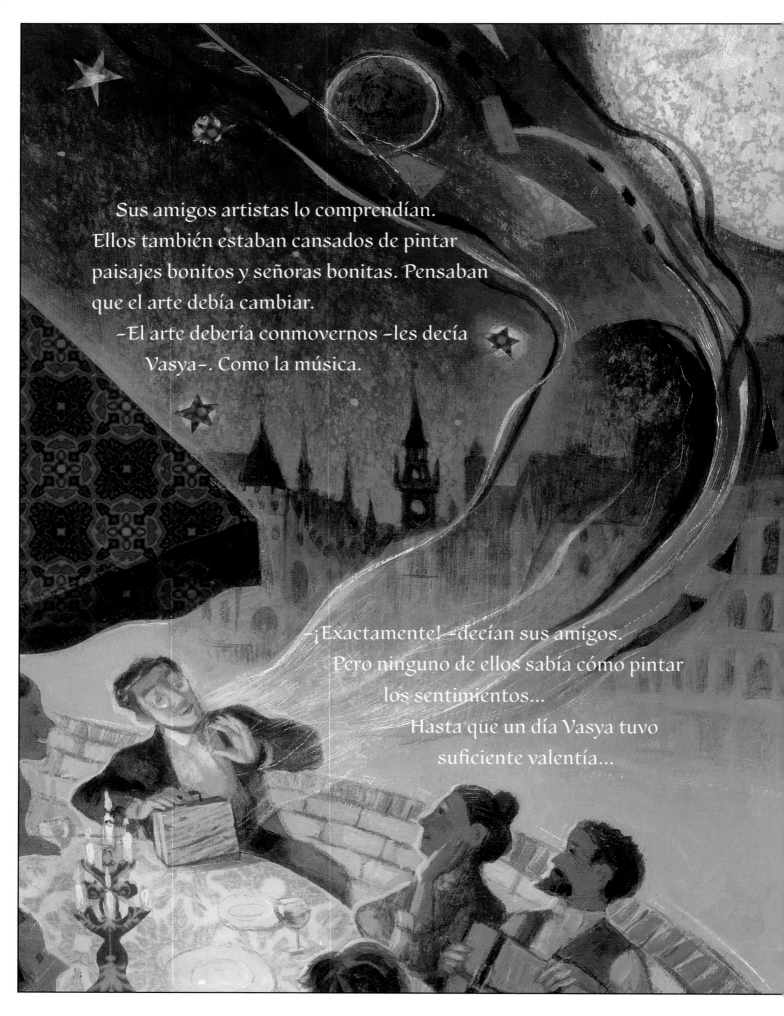

Sus amigos artistas lo comprendían.
Ellos también estaban cansados de pintar
paisajes bonitos y señoras bonitas. Pensaban
que el arte debía cambiar.
    –El arte debería conmovernos –les decía
Vasya–. Como la música.

–¡Exactamente! –decían sus amigos.
Pero ninguno de ellos sabía cómo pintar
los sentimientos...
Hasta que un día Vasya tuvo
suficiente valentía...

Y presentó al mundo sus pinturas que gritaban desde su sonora caja de pinturas.

Estridentes puntos cerúleos.
Crujientes cuadrados carmesíes.
Susurrantes líneas al carboncillo.
Vasya denominó estos cuadros según
la música que amaba: *Improvisación,
Composición, Acompañamiento, Fuga,
Movimiento,* o simplemente *Tres sonidos.*
    Con su sonora caja de pinturas, Vasya
Kandinsky creó algo completamente
nuevo:

    el arte abstracto.

La gente necesitó mucho tiempo
para entenderlo.
    –¿Es una casa? ¿Es una flor?
¿Qué se supone que *es*?
    –Es mi arte –contestaba Vasya.

«¿Cómo

    te hace

        sentir?»

Nota de la autora

Vasily Kandinsky nació en Moscú, Rusia, el 4 de diciembre de 1866. Su padre, que también se llamaba Vasily, era un rico comerciante de té; su madre, Lidia, una aristócrata apasionada por la música. Vasily (o Vasya, como se le llamaba a veces) viajó a Italia con su familia, y luego a Odesa, Rusia, a orillas del Mar Negro para atender la salud de su padre. Cuando tenía cinco años, sus padres se divorciaron, y Vasya se fue a vivir con su tía Elisabeth hasta que terminó la escuela. Luego estudió derecho en Moscú y, ya adulto, dio clases de derecho y economía.

Este libro es ficción histórica. El diálogo es imaginario, aunque los hechos son ciertos. En sus escritos, Kandinsky describe como, siendo un niño, oyó un silbido al mezclar por primera vez los colores en la caja de colores que le había regalado su tía. Continuó percibiendo colores como sonidos, y sonidos como colores a lo largo de su vida. Se cree que Kandinsky tenía probablemente una alteración genética llamada sinestesia, aunque los exámenes precisos para detectarlo aún no se habían establecido. Para las personas con sinestesia, un sentido desencadena otro distinto, lo que le permite, por ejemplo, oír colores, ver música, saborear palabras u oler números. Los científicos creen que las personas con sinestesia tienen más vías de comunicación entre las áreas del cerebro, o que sus sentidos se comunican de manera diferente a los demás. Hay al menos sesenta tipos distintos de sinestesia, y se estima que se da en uno de cada cinco mil individuos.

Siendo adulto, Kandinsky acudió a una exposición de la serie de *Los Almiares* de Claude Monet. Las pinturas le dejaron estupefacto; era la primera vez que veía arte no figurativo, y nunca olvidó la experiencia. Más tarde, durante una representación de la ópera *Lohengrin*, de Richard Wagner, vio colores y formas en su mente mientras la música sonaba. A los treinta años, Kandinsky se

Pintura con centro verde, 1913. 108,9 x 118,4 cm.
Instituto de Arte de Chicago, Estados Unidos.

Blanco zigzag, 1922. 95 x 125 cm.
Galería de Arte Moderno de Ca' Pesaro, Venecia, Italia.

Improvisación VII (Composición VII), 1913. 200 x 300 cm.
Galería Estatal, Tretyakov, Moscú, Rusia.

Dos óvalos, 1919. 107 x 89,5 cm.
Museo Estatal de Rusia, San Petersburgo, Rusia.

estableció en Alemania como pintor. Allí fundó el influyente grupo artístico El Jinete Azul, y más tarde enseñó en la famosa escuela Bauhaus. En 1910 realizó su primera pintura completamente abstracta, que desató una auténtica revolución en el mundo del arte. Después de una larga y exitosa vida como pintor, murió el 13 de diciembre de 1944 en Neuilly- sur-Seine, Francia.

Importantes colecciones de su obra se encuentran en el Museo Guggenheim y el Museo de Arte Moderno de Nueva York, en el Museo de Arte de Chicago, en el Centro Georges Pompidou de París, en la Galería Tretyakov de Moscú, en el Museo Thyssen-Bornemisza de Madrid y en muchos otros museos del mundo. Quizá un día tengas la oportunidad de visitar alguno de ellos para escuchar su pintura.

Pintura con centro verde © Vasily Kandinsky, VEGAP, Barcelona, 2015.

Blanco zigzag © Vasily Kandinsky, VEGAP, Barcelona, 2015.

Improvisación VII (Composición VII) © Vasily Kandinsky, VEGAP, Barcelona, 2015.

s óvalos © Vasily Kandinsky, VEGAP, Barcelona, 2015.

Fuentes:

Barnett, Vivian Endicott, et al:: *Kandinsky at the Guggenheim*. Nueva York, Guggenheim Museum Publications, 2009.

Grohmann, Will: *Wassily Kandinsky: Life and Work*. Nueva York: Abrams, 1958.

Kandinsky, Vassily: *De lo espiritual en el arte*. Barcelona, Paidós Estética, 1996.

Kandinsky, Vassily: *Punto y línea sobre el plano. Contribución al análisis de los elementos pictóricos*. Barcelona, Paidós Estética, 1996.

Kandinsky, Wassily: *Sounds*. New Haven: Yale University Press, 1981.

Kandinsky, Wassily, Kenneth C. Lindsay, y Peter Vergo. *Kandinsky: Complete Writings on Art*. Boston: G. K. Hall, 1982. (Las citas de las últimas páginas de *El sonido de los colores* se han extraído del ensayo *Reminiscencias* de Kandinsky, incluido en dicha obra.)

Marc, Franz y Kandinsky, Vassily: *El jinete azul*. Barcelona, Paidós Estética, 1989.

Rapelli, Paola. *Kandinsky*. Nueva York: Dorling Kindersley, 1999.

Ward, Ossian. «The Man Who Heard His Paintbox Hiss». Telegraph, Londres, 10 de junio de 2006.

Weiss, Peg. *Kandinsky and Old Russia: The Artist as Ethnographer and Shaman*. New Haven: Yale University Press, 1995.

Para más información sobre Kandinsky y la sinestesia, visita las páginas siguientes:

guggenheim.org (palabra de búsqueda: Kandinsky)

wassilykandinsky.net

faculty.washington.edu/chudler/syne.html

pbs.org/wgbh/nova/secretlife/scientists/steffie-tomson

Título original: THE NOISY PAINT BOX
© del texto: Barb Rosenstock, 2014
© de las ilustraciones: Mary GrandPré, 2014

Publicado con el acuerdo de Random House Children's Books,
una división de Random House, LLC.

© EDITORIAL JUVENTUD, S. A., 2015
Provença, 101, 08029 Barcelona
info@editorialjuventud.es
www.editorialjuventud.es
Traducción de Christiane Reyes

Primera edición, 2015

ISBN 978-84-261-4121-7

DL B 3503-2015
Núm. de edición de E. J.: 12.932

Printed in Spain
Tallers Gràfics Soler, c/Enric Morera, 15 - 08950 Esplugues de Llobregat (Barcelona)

«Me dejo llevar. Pienso poco en las casas y los árboles,
dibujo líneas coloreadas y manchas en el lienzo
con mi espátula, haciéndolas cantar con toda
la fuerza de la que soy capaz».

Vasily Kandinsky

«Podía oir el siseo de los colores al mezclarse». V. K.